시안황금알 시인선 25

밥 나이, 잠 나이

尹錫山 시집

시안황금알시인선 25

밥 나이, 잠 나이

초판인쇄일 | 2008년 11월 1일
초판발행일 | 2008년 11월 11일

지은이 | 尹錫山
편집인 | 오탁번
펴낸곳 | 도서출판 황금알
펴낸이 | 金永馥

주 간 | 김영탁
편집실장 | 조경숙
표지디자인 | 칼라박스
주 소 | 110-510 서울시 종로구 동숭동 201-14 청기와빌라 2차 104호
물류센타(직송 · 반품) | 100-272 서울시 중구 필동 2가 124-6 1F
전 화 | 02)2275-9171
팩 스 | 02)2275-9172
이메일 | tibet21@hanmail.net
홈페이지 | http://goldegg21.com
출판등록 | 2003년 03월 26일(제300-2003-230호)

ⓒ2008 尹錫山 & Gold Egg Pulishing Company Printed in Korea

값 7,000원

ISBN 978-89-91601-60-4-03810

*본 시집은 2008년도 경기문화재단의 지원을 받았습니다.

시안황금알 시인선 25

밥 나이, 잠 나이

尹錫山 시집

황금알

가을이 왔다.
안산 습지 공원 갈대들이 누릇누릇
빛을 버리고 있다.
아니 빛을 더 하고 있다.
'버림과 더함'
그것은 인식이 차이인가.

그 간 쓴 시들을 모으고, 또 한 권의 시집으로 묶으며
이것은 나의 지나온 삶을 더 하는 것인가.
아니면 버리는 것인가.

가을이 왔다.
안산 습지 공원 갈대숲
어제와는 또 다른 아름다움 서걱이고 있다.

차 례

1부

작은형 생각

들창코 부처님

대웅전도 명부전도 없는 성주사지聖住寺址 터
온 몸 망가진 석불 하나 덩그마니 서 있다.
반쯤 떨어져나간 부처님 귓불,
붉게 물들이며
저녁 해 뉘엿뉘엿 또 다른 세상 밖으로 기울고 있다.

참으로 아픈 곳도 많고 많으신 부처님

사지 육신 어디 하나 성한 곳 없는데
아들 낳으려는 중생들의 욕심이
긁어먹어 버린, 그래서 문드러진
부처님의 들창코
세상의 온갖 더러운 향내, 벌름거리고 계시다.

그냥 서 있다

마도 지나 서신, 제부도 가는 길
어느 동리 어귀
족히 백 수십 년은 됐음직한 느티나무 한 그루

서 있다. 그냥 서 있다.

누구에게도 넉넉한 그늘,
그 품세 드리워 놓고
한여름 땡볕 속, 오늘도 그 자리 그냥 그렇게 서 있다.

안전빵

환갑마지 여행으로 라스베가스를 갔다.

불랙 잭 테이불에 앉아
100불짜리 지폐 하나 바꾸어
몇 시간을 놀았다.

한 번에 겨우 10불 질러 보고는,
자라목처럼 움츠려지고 마는,
조금 따다가는 나가고, 나갔다가는 다시 조금 따는 시간.

그렇게 '안전빵' 의 밤은 지나갔다.

승부수 한번 멋지게 던져 보지도 못한 채
맞은 환갑의 나이
오늘도 안전빵, 라스베가스 밝은 불빛의 거리
다만 그렇게 허둥될 뿐이었다.

어디 용 한번 써봤냐구!

활주로를 맞은 비행기는 갑자기 용을 쓰며 내달리기 시
작한다.
오호! 이놈이 한 번 뜨려고 이러는구나
한 번 날아 보려고 이렇듯 용을 쓰고 달리는구나

그러나 어찌 이놈뿐이랴!
세상의 모든 뜨는 놈들
언젠가는 이렇듯 용쓰며 달리던 시절이 있었나니

용 한번 제대로 써보지 못한 채
뜨지 않는다고, 알아주지 않는다고
뚤뚤거리며 뭉개고 앉았던 날들, 부끄럽게 일어서고 있
었다.

부재_{不在}

병상에서 내려다본 작은 녹지대_{綠地帶}
늘 가고 싶었다.

회복이 된 첫날, 밝게 떨어지는 햇살따라
그곳으로 가 보았다.
여느 병동의 창들마냥
나의 병실 유리창도 반쯤 열려진 채
그렇게 올려다보였다.

녹지대_{綠地帶}, 그 벤치 주변으론
흩어져
나뒹구는 담배꽁초며 종이컵들.

── 문득 그들이 목메이게 그리웠다.

신문을 집으며

신문은 늘 아버지의 차지였다
우리가 잠들어 있는 사이 누군가
대문의 틈새를 비집고 놓고 간
세상의 일들.

실상 아버지 말고는 누구의 관심거리도 되지 못했다.
아버지는 늘 저 많은 세상의 일들 속에
서 계시는구나,
우리는 다만 그렇게만 생각했었다

오늘도 현관을 열고 어스름 새벽녘
누군가 던져 놓은 신문을 집는다
무심코, 그저 이 일이 내 몫인 양.
온갖 세상의 일들, 그러나 덤덤한 표정으로
내 앞에 펼쳐진다

아버지도 이랬을 것이다
아무 것도 아닌 세상의 일들에 묻혀,
아무 것도 아닌 일들을 뒤적이며.

아, 아 이래셨을 것이다.
아버지
오늘도 그렇게 세상을 걸어 나가신다.

밥 나이, 잠 나이

지금까지 나는 내 몸뚱이나 달래며 살아왔다.
배가 고파 보채면 밥 집어넣고
졸립다고 꾸벅이면 잠이나 퍼 담으며
오 척 오 푼의 단구, 그 놈이 시키는 대로
안 들으면 이내 어떻게 될까보아
차곡차곡 밥 나이 잠 나이만, 그렇게 쌓아 왔다.

결별

잘 있거라 불빛 번쩍이는 거리
술 취한 카페, 고만고만 모여앉아
세상의 열정 모두 지닌 듯.
그러나 각기 다른 주머니 하나쯤은
챙길 줄 아는 이악함
잘 있거라 밤이 깊어 가며
열정이 야합이 되는
열변도 술 취함도 실은 모두 어느 한쪽
힘있는 자리로 모여드는 거리
고개 숙여 나는, 그러나 눈물은 감추며
오늘 결별을 고한다.
나의 신실하지 못한 육신과
어눌한 눈매와 시답잖은 응변應辯을
탓하며, 잘 있거라
오늘 나는 이 거리 저 휘황한 불빛에
불빛을 걸어 결별을 고한다.

원효로 종점

선생님은 그렇게 계셨다
한여름에도 한복만을 입으시고
시의, 시가, 시에 오직 그 놈의 시만 이야기하셨다
젊은 시인들을 만나면
이놈들 술 잘 먹는구나. 어디 더 먹어라
철철 넘치게 따라주시던 술잔
우리는 아무 거리낌 없이 들이키곤 했다
술은 왜 먹는고?
우리는 그저, 선생님은 시만 아는 바보라고 생각했다
아무것도 되지 못하는 시를
돌아가는 길
담벼락에 마주서서 그저 시원하게 쏟아내곤 했다
어둑어둑 밝혀지는 원효로의 불빛들
종점으로 들어가는
전동차 한참 머리를 치받고 있었다.

늦가을

과원果園의 뜨락, 아직은
햇살들
밝은 웃음으로 기어다니고 있습니다.

지난 가을 다하지 못한
열망, 푸른 하늘인 듯 저 멀리 매달려 있습니다.

슬픔이기에는 아직은 이른,
벅찬 기쁨이기에는 너무나 늦은,
우리의 뜨거운 타오름.

이제 하늘 한켠 깊은 볼우물 하나 푸르게 파놓고
온몸의 안락함으로 서서히 묻혀 가고 있습니다.

이 가을을 보내는,
우리의 빛나던 금빛 아픔이기도 합니다.

산수유

지리산 자락 산수유
뜨거운 폭염의 여름을 지나며
햇살 속 익고 익고 또 익어 가을이 되면
빨간 눈알 같은 열매를 맺는다.

가을 햇살 한 뼘이라도 놓칠세라 멍석에 펼쳐 말리고 말
려
산수유가 발긋발긋 말 그대로 가을 햇살이 되면
아낙들은 둘러앉아 산수유를 깐다.

빨간 열매 안에 옹크린 독이 든 씨앗
일일이 '입'으로 까서 발려내고, 빨간 살집만 다시 널어
놓는다.
입으로 깐 산수유
입 한쪽으론 까만 씨 뱉어내고
다른 한쪽으로는 빨간 산수유 열매를 받아내는,
입으로 하는 작업.

마을 아낙들의 구수한 입담 같은 가을 햇살멍석

지리산 자락 그늘먹이 번져 갈 때
빨간 산수유, 침이 가득 고인 입, 그 안에서
쌉쌀한 약이 된다.
그래서 허리 부실한 사내들의 오줌 줄기
지리산 밑동만큼
시원스레 키우는, 가을 보약이 된다.

문득 소나기 쏟아지는 날이며

50년대 혹은 60년대 지금보다는 많이 가난했던 시절
거리엔 비 오는 날에도
우산도 없이 다니는 사람들 꽤나 많았지.

문득 장대같이 빗줄기 굵어지면
사람들 이리저리 피하다
남의 집 처마 밑에 들어가 비를 그렸지

비록 낯모르는 사람일지라도 우산을 들고 지나가면
우리 누구나, 그때는 누구나
스스럼없이 우산 한 쪽을 빌려 쓰자고 했지

그리하여 세상의 사람들
어깨 한 쪽씩 나란히 비 오는 세상 밖으로 내놓고
비에 적셨지.

어깨 한 쪽씩 내놓을 수 있는 사람들
그리하여 세상과 함께 비에 젖을 수 있는 사람들.

그때 우리는 누구도 정말 나 아니 남을 위하여
세상 밖으로 어깨 한 쪽쯤은 내놓을 수 있었지.
싸구려 비닐우산일망정, 정말
정말 고맙게
하늘, 떠받들 수 있었지.

작은형 생각

평생 청약통장 하나 마련 못했던
그가
뜻하지 않게
덜컹
아파트 한 채 당첨받아
들어앉아 있구나.

유리문을 열면
덩그마니 놓인 사진 한 점
오래 전, 아주 오래 전,
철 지난 잠바때기
그래서 더욱 환한 지상의 벚꽃,
그 그늘을 배경으로 멋쩍게 웃고 있구나.

그곳에서, 아, 아 그곳에서도
하르르 떨어지는 꽃잎이나
쓸어내는,
그런 공공 근로.
그렇게 하루하루 살아가고 있나요.

신사단칠정론 新四端七情論

고봉高峰이 퇴계退溪에게 채팅을 건다

"샘이여! 몸과 맘이 둘이라고 생각합니까?"

산 넘고 물 건너,

암담한 시대의 벌판을 지나

액정 화면 점점이 박혀 오는 말씀.

"요즘은 나도 왠지 맘짱이기보다는 그저 몸짱이고 싶구려."

첫눈

　예진이가 사는 집은 시장통 한 평도 채 되지 못하는 단칸
방.

　할머니랑 함께 꼭 끌어안고 누우면 얼추 꽉 찬다.

　다 늦게 시장통 한켠에 있는 공중변소엘 가려고

　예진이가 이불을 꽁꽁 싸매고 쪽문을 열었다.

　반쯤 열린 쪽문 사이로, 깜깜한 밤하늘 함박같이 눈이 쏟
아지고 있었다.

　"할머니, 이제 화장실 가기가 힘들겠어요.……."

　첫눈은 그렇게 한밤 내내

　발목 푹푹 빠지는 여섯 살 예진이의 꿈속에 쌓이고 있었다.

상징과 실재

어렸을 적 내가 살던 신당동에는 "일산 배추"라고 외치며 다니는 야채 장수가 있었다. 아무도 그 아저씨가 파는 배추가 일산에서 재배된 것이 아니라고 생각하는 사람은 한 사람도 없었다.

일산이 여기서 어딘데, 정말 저 배추를 일산에서부터 가지고 왔을까, 하고 의심하는 사람조차도 없었다. 그 아저씨가 일산에서 키운 배추라고 외치면, 우리는 모두 한 조각 의심도 없이 그렇다고 믿었다.

영광 굴비, 흑산도 홍어, 강원도 더덕, 영덕 게라고 외치는 소리 앞에서, 실상 이들 모두가 그곳이 진정한 산지가 아니라는 건 우리 모두 이미 잘 안다. 이들이 비록 중국 산둥반도를 지나, 또는 칠레를 지나, 러시아 해협을 지나, 어느 농가의 비닐하우스를 지나 그들이 우리에게 왔다고 해도.

우리는 영광이라는, 흑산도라는, 강원도라는, 영덕이라는 상징을 먹고 산다. 오늘 우리는 다만 상징으로만 남아 있는, 상징의 시대를 살고 있기 때문이다. 상징은, 상징은 곧 오늘 우리 모두의 실제가 되고 있기 때문이다.

그

세모 저물녘 사람들 넘쳐나는 수원역전
이제는 늙어버린 사내 하나
종이 가득 실은 리어카 끌고, 사람들 사이 헤집으며 간다.

리어카에 실려 끌려가는 저 버려진 종이들

그것들에게서 오래 된 그의 냄새가 난다

시금까지 살아오며 그는 얼마나 많은 종이들을 허비했는가.
얼마나 많은 폐휴지로 세상을 떠돌았는가.
허위허위 세상의 밖으로 흩어져 간 그의 글나부랭이들

한세월 저물녘 사람들 저마다 바쁘게 종종이는 황혼 역전
이제는 늙어버린 사내 하나
폐휴지 가득 실은 리어카에 끌리어, 사람들 사이 헤집으
며 간다.

2부

도덕론

요즘 부처님 손바닥

전화, 전화벨 소리, 지하철에서도 거리에서도 밥집에서도 강의실에서도 예배당에서도 서로 서로들 몸 피하여 다가와 이곳에서도 딩동댕, 저곳에서도 찌르릉. 요즘 이놈이 못 가는 데가 하나도 없다. 어디에 박혀 있어도 여지없이 찾아와 멱살을 잡아채는 이놈. "네놈이 가면 어딜 가. 부처님 손바닥이 바로 나여, 이놈아." "아 여보세요, 나 지금 죽었는데요." 벌떡 일어난 시신, 미처 취소하지 못한 휴대 전화를 받고는 이내 벌러덩 쓰러져 버리는 이승의 영안실.

똥이 밥이 되던 시절 1

아주 오래 전 서울 주택가에는 똥을 퍼 나르는 트럭이 일주일에 한 번씩은 왔었다. 동네 어귀에는 똥차가 세워졌고 똥지게를 짊어진 사내들이 집집마다 다니며 "똥 퍼요, 똥 퍼요."를 외쳐댔다.

똥이 그들에게는 똥이 아니다. 똥은 입으로 들어가는 밥이었다. 똥이라도 퍼서 날라야 밥이 생기는데. 바짓가랑이에 똥이 묻어도 "똥이 뭐 대수여." 조금도 개의치 않고 똥과 땀이 범벅이 된 바지춤에 젓가락을 썩썩 문질러 닦고는, 맛있게 퍼먹는 고봉밥. 우리의 그 시절 똥은 그렇게 우리의 밥이 되곤 했었다.

똥이 밥이 되던 시절 2

지금 동대문 이스턴 호텔 자리쯤에 뚝섬으로 떠나는 전차가 있었다. 앞뒤가 없는 전차 몇 대를 연결하여 운행하던 전차. 동대문 밖 뚝섬 쪽 외각으로 나가는 유일한 서울 시민의 발이기도 했다.

전차가 씩씩이며 왕십리쯤을 지날 때면, 어김없이 파리 떼들이 전차 창문에 새까맣게 달라붙곤 했었다. 서울 시민의 분뇨를 모아두던 곳이 이곳 왕십리 근처였기 때문이다.

서울 시민들이 매일같이 배설하는 똥들이 모이는 커다란 똥구덩이. 드럼통을 쪼게 연결해서 만든 배도 한 척 그곳엔 떠 있었다. 여름날 뜨거운 햇살에 똥들이 서로의 몸을 엉기어 굳어 버리면, 드럼통 배를 탄 아저씨가 딱딱하게 굳은 똥들을 수거해 갔다.

작은 벽돌 크기로 잘려진 굳어진 똥들은 부대자루에 담겨 뚝섬 배추밭으로 옮겨졌다. 서울 시민이 열심히 먹고 또 열심히 배설한 똥은 그렇게 푸릇푸릇한 배추가 되어 다시 시장에 나왔다. 그 여름 내내 우리는 싱싱한 똥을 먹으며 그렇게 살았다.

축복

　일 년이면 몇 차례 친구 내외는 내가 사는 시골집을 방문한다. 친구네가 방문한 날은 온 식구가 모여앉아 밤이 이슥토록 이야기를 한다. 새벽녘이 가까워 밀려오는 졸음을 밀어내며 앉아서 혹은 누워서 이야기를 하다가 누가 먼저랄 것도 없이 그 자리에 그대로 누워 잠들이 든다.

　늦은 아침 창문을 부수듯 들어오는 햇살에 하나 둘 늦은 잠을 깨고, 친구의 아내가 말을 한다. "햇살이 너무나 좋네요. 이런 햇살을 받으며 일어날 수 있다는 것이 축복이네요."

　그러나 정말 축복은 당신네들이 일 년이면 몇 번씩 찾아온다는 사실이다. 그래서는 밤이 이슥하도록 이야기를 나누다가, 아무렇게나 펼쳐 놓은 이부자리에서 그렇게 그렇게 잠들이 든다는 사실이다. 새벽까지 이어지던 이야기의 부스러기를, 부스스 눈뜨는 베게맡에서, 창턱까지 떠오른 햇살과 함께 다시 만난다는 그, 그 사실이 축복이다.

희망꽃 필 무렵

수인산업도로 수암 부근, 기사식당 문을 열고 허서방, 조첨지, 그리고 안경 쓴 동이가 들어선다. 쿨렁이는 당나귀, 잠시 기어를 빼놓곤. 아직 철이른 두꺼운 잠바를 벗으며 의자에 앉는다. "오늘 부산까지 뛰어야 혀, 든든이들 먹어 둬." 돼지불백 두 개, 왕돈가스 하나 상 위에 놓인다. "아이고 우리 저거 거저 줘도 먹기 싫더라." 대꾸도 없이 동이 왼손으로 포크를 잡아 왕돈가스 우겨 넣는다.

그새 어두워진 수인산업도로, 가로등 불빛을 받으며 거친 짐승들마냥 달리는 화물차. "그래, 우리도 저 속에 끼어서 같이 달리는 거여. 벌써 몇십 년 이렇게 달려온 것이 우리네 삶이여." "그래도 옛날엔 도락구 한 대면 자식놈 근근이 대학은 시킬 수 있었는디." 길게 내뿜는 담배연기를 피해, 동이 한 쪽으로 서서 먼 데 불빛을 본다. 어두워지는 하늘 어디 흐드러지게 피어 있을, 희망꽃 막막히 바라본다.

도덕론

　도덕은 무겁고 근엄하다. 그러나 오늘 우리는 근엄함보다는 유쾌함, 무거움보다는 가벼움, 더욱 좋아한다. 유쾌한 도덕, 저 새털만큼이나 가벼운 도덕. 깡충이며, 내 앞에서 알짱거리며, 뒷머리 찰랑이며 뛰어가는, 가끔은 뒤돌아보며 화사하게 웃는, 그런 도덕 없을까? 새털구름에 걸터앉아도 결코 무겁지 않은, 그대로 둥둥 날아갈 수 있는 도덕, 그런 도덕이란 없을까? 돈 때문에 아들이 부모를 죽이고 기분 나쁘다고 교정에서 총질을 하고 이웃집 손녀 같은 아일 성추행하고.

　도덕, 너무나 무거워, 너무나 근엄해. 오늘 사람들이 지니기에는 버거운 도덕. 그래서 모두 버려버린 도덕. 술이라도 한잔 거나해진 저녁, 거리 거리를 다투어 밝히는 불빛, 그리하여 내게 다가와 가슴을 파고드는 불빛 같은, 그런 도덕 세상에 없는 것일까, 없는 것일까? 저 멀리 명왕성 머나먼 시간을 외로이 달려온 별빛 하나, 이 지상 맨땅을 향해 소리 없이, 소리 없이 곤두박질하고 있구나.

꽃대

　잊어버릴 만하면 한 번씩 꽃대를 내놓는 춘란을 보면, 동대문 밖 창신동 낙산 뒷줄기, 닥지닥지 기어올라간 판자촌 마을의 정대나, 마포 공덕동 유린 한의원 키 크고 순해빠진 막내아들 종근이 생각이 난다. 중학교 2학년, 3학년 고만고만 몰려다니며 바라다보던 어느 날의 드넓은 마포강, 당인리 발전소 건너편 스러지던 노을빛. 또는 추위 속 웅숭그리며 몰려 있는 창신동 산동네, 눈자위가 붉은 백열등 불빛들. 40년도 더 지나, 이제는 모두 사라진 일들.

　그러나 웅웅이는 자동차와 빌딩 사이를 하루 종일 붐비며 다니다가 돌아온 저녁, 문득 곁눈으로 들어오는 난蘭 촉대 하나, 이제 마악 그 꽃대를 밀어내려는 모습의, 안쓰러움의 먼 기억. 그 빈터를 메우며, 하루에도 너댓 번씩 물지게를 나르며 불끈 주먹을 쥐어 보던 아이. 아버지 보약 냄새에도 늘 골골하던 얼굴이 하얀 아이. 조금씩 아주 조금씩, 그러나 늘 그만한 거리로 춘란은 기억들을 보이잖게 밀어내고 있구나. 오래 전, 아주 오래 전 무심코 열어 놓은 허술한 판자대문 아직도 저 홀로 삐꺽이고 있구나.

겨울 저녁이 다시

　허름한 대중음식점. 해가 이미 많이 기운 겨울 저녁. 눈 그친 지도 이제는 꾀나 된, 그래서 어둑어둑 어둠과 함께 쌓인 눈 녹아드는 저녁. 젊디젊은 여자가, 그것도 혼자 성큼 들어와, 술국 한 그릇 먹음직스럽게 말아 놓고 기울이는 소주병 하나.

　겨울 저녁은 다시 그렇게 나에게 다가왔습니다.

친구, 오랜만에 만난

고집스레 오른팔을 가슴에 붙이고 있다. 다시는 내려놓지 않을 태세로. 그리고는 씨익 쓰게 웃는다. 이 팔이 이제는 마음대로 안 돼. 세월이 붙들어맨 팔을, 애써 세월 밖으로 당기며 그는 오늘 그렇게 서 있다.

대한민국 가을

아이들은 모두 집으로 갔는지, 가랑잎만이 어지러이 쌓인 초등학교 운동장을 세종대왕이 옥좌에 앉아 근심스럽게 굽어보고 있다. 그 옆으론 갑옷 입은 이순신 장군, 왼손에 긴 칼 잡고 다만 가을 속 위태위태 버티고 서 있다. 운동장을 가로질러 교문을 나서려는데, 교문 바로 못미처 온갖 잡초 우거진, 이제는 가을볕 속 시들고 있는 작은 화단 옆, 책보따리를 끌어안고 서 있는 반공 소년 이승복. 치켜든 주먹 불끈 쥐고는 "나는 공산당이 싫어요!" 외롭게 외치고 있다. 고개 들어 바라다본 가을 하늘, 대한민국의 가을 하늘 푸르기만 하여 그 끝간 데, 도무지 알 수가 없었다.

철원평야의 김씨

이 겨울 이제 막 철원평야에 도착해 날갯짓으로 온통 하늘을 뒤덮는 재두루미. 저놈들이, 저놈들이 다만 두 날개 두 눈만 가지고 어떻게 몇만 킬로미터를 날아왔는지 재두루미 전문가 김씨에게 물었다. 김씨 대답이, 나는 알 수가 없지, 저기 저놈이 벌써 20년째 오는 놈인데, 저놈한테 물어 보슈. 김씨도 그만 훨훨 재두루미가 되어 철원평야 넓고 넓은 품속으로 날아가 버렸다.

* 재두루미는 전세계에 오직 5천여 마리가 있다고 한다. 이들 5천여 마리는 한국, 중국, 일본 등 동북아시아 지역을 중심으로 생존하고 있는 국제적 멸종위기종의 새이다.

언덕 위에 하얀 교회

마산포로 이어지는 작은 언덕에 교회가 하나 서 있다. 시멘트 벽돌 담을 하얀 페인트로 칠한 아주 작은 교회. 시화방조제는 이제 더 이상 마산포가 포구로서의 길을 버리게 했고, 그래서 모두 뭍이 되어 버린 마산포.

낡고 기울어진 하얀 교회에는 늙은 목사 부부만이 텃밭을 가꾸고 있다. 대부분의 교인들은 새로 생긴 큰 교회로 떠나가, 이제는 오랜 이웃사촌 몇몇만이 옹기종기 모여 예배를 보는 교회. 허구한 날 듣는 설교 내용을 듣다가 포도밭 일구는 복길이 할아버지가 "이보우, 목사님, 그 이야기는 지난 주일날에도 들었는데요." 사람들이 와르르 웃었다. 촌부나 다름없이 거칠 대로 거칠어진 손을 들어 목사님 위를 가리키며 왈 "지난 주일이나 이번 주일이나 천당은 이사 가지 않고 저기 그냥 그대로 있어요. 그러니 그냥 들어 둬요."

간척된 땅 속에는 이제는 지층이 다 되어 버린 갯지렁이며 조개, 게딱지들. 그 땅을 밟고 덩그마니 새로 지어진 교회의 창들로 환하게 쏟아지는 불빛, 주 찬양 찬송이 장엄하게 울려퍼지고 있다. 소금기 잃은 마른 바람이 '훅' 하고 마을을 건너오고 있다.

자문자답 숭례문

이제는 바라다보는 사람 하나도 없다. 쌩쌩거리며 곁으로 지나는 자동차며 오토바이는 내가 오히려 거추장스러울 뿐이다. 저 몰골이 없으면 돌지도 않고 그대로 달려나갈 수 있는데. 막히고 막히는 서울 거리에서 나는 서 있기조차 그저 민망할 뿐이다. 면구스러운 얼굴에 숭례崇禮? '예를 높이라'는 표지나 세우고, 그러나 예의보다는 실용이, 그래서 무슨 짓을 해도 부자가 되고, 힘이 커지면 온갖 품 다 잡으며 사는 세상이 언제부터인가 우리를 점령하고 있었다.

이제는 문도 아닌 것이 문이라는 이름으로, 솟을대문 높이 치켜세우고 대도시 서울 한복판에 서 있는 것이 얼마나 어려운지를 너는 아느냐. 아무도 관심조차 갖지 않는 모습으로 그저 자리를 지킨다는 것이 얼마나 민망한 일인 줄은 너는 아느냐. 국보 1호, 엿도 바꿔먹을 수 없는 이름표 가슴에 달고 살기가 얼마나 난감한 줄 너는 아느냐. 그러나 무엇보다도, 무엇보다도 나를 어렵게 하는 것은 예도 모르는 사람들이 그저 이름값이나 하고자 일 년에 한두 차례 으레 들러서 어쩌고저쩌고 떠들며 가는 꼴이라니.

그래서 오늘 나 스스로 불타기로 했다. 스스로 몸뚱이 불치르는 소신공양燒身供養. 2008년 2월 10일, 600년의 나를, 스스로 나 불 지르고 말았다.

나비

    옛날 옛날 아들 하나 얻기를 몹시 바라던 어느 생원댁에서 그만 딸을 낳고 말았지요. 아들이 너무 갖고 싶은 생원님은 딸아이를 어려서부터, 아주 어려서부터 남장을 시켜서 키웠답니다. 남장한 생원댁 딸아이는 이웃집 남자아이와도 아무 흉허물 없이 어울려 놀며 자라났어요. 아이들은 그렇게 놀며 싸우며 정이 들었고, 한 살 두 살 나이가 들어가며, 아이들은 더욱 정이 깊어갔습니다.

    나이가 들어 여자아이는 집안의 중매로 시집을 가게 됐답니다. 그래서, 그래서 자신도 모르게 아주아주 정이 깊이 든 여자아이는 남자아이에게 자신이 남자가 아닌 여자임을 밝히고 떠날 수밖에 없었답니다. 상심한 남자아이는 슬프고 슬퍼 몇 날을 슬퍼하다가 그만 죽고 말았습니다. 남자아이의 부모는 슬프고 슬픈 자식을 길가 모퉁이에 묻었습니다.

    신부가 된 여자아이가 가마를 타고 시집을 가던 날, 남자의 무덤 앞을 지나게 되었습니다. 가마에서 내린 신부는 너무 슬픈 마음에 손을 벌려 무덤을 쓰다듬었답니다. 너무 슬프고 슬픈 마음으로 무덤을 쓰다듬는데 아, 아, 그만 무덤이 쫙 하고 갈라지면서 신부가 무덤 속으로 빨려 들어가는 것이 아니겠어요. 놀란 사람들 서둘러 신부의 치마를 잡아

당겼지만, 신부는 무덤으로 빨려 들어가 버리고, 한 자락 찢어진 옷 조각만이 글쎄 한 마리 노랑나비가 되어, 훨훨 봄 하늘로 날아가 버렸답니다. 멀리 봄 아지랑이 물씬 피어오르고 있었습니다.

버스 스톱

나는 아직도 그때 그 거리에서 서성인다. 무정의 기계 가슴속 동전 밀어 넣으면, 뜨거운 커피도 차가운 콜라도 꽐꽐 쏟아지는 신나는 세상. 손마다 전화기를 들고 다니며, 아무 데서나 누구와도 통하는 요즘. 이전엔 이곳에 다방 귀거래가 있었는데, 목월도 수영도 두진도 시인이라는 이름으로 서로 만나 차를 마시고 담배를 피우며 창 밖으로 보이는 세상을 바라보곤 했었는데. 진보는 보수를, 순수는 참여를, 리얼리즘은 모더니즘을 서루가 서루를 아니라고 손사래 치며 헤어진 겨울 거리. 나는 아직도 그때 그 거리가 그대로 저기 보이는 모퉁이쯤에서는 만날 수 있을 거라는 믿음을 버리지 못한다. 가난했지만 결코 남루가 아닌, 우리의 열정이 아직도 통금의 밤을 뜬눈으로 지새우며, 백열등 아래 앉아 있을 것 같은 밤. 아직도 나는 세월을 건너뛰지 못한 엉거주춤의 품으로, 광화문 네거리, 돌아오지 않는 버스 기다리고 서 있다.

인내천 강좌

천도교중앙총부에서는 몇 해 전부터 정부의 치원을 받아 전국을 돌아다니며 인내천 강좌를 한다. 연사는 한 시간여 목을 놓아 '사람이 한울님임'을 역설하고. 삼복 무더위 동원된 사람들 반은 졸다 말다, 강연이 끝나자 막걸리 몇 잔과 함께 나누어 준 기념 수건 한 장. 사람들은 '인내천 특별강좌'라고 새겨진 수건 하나씩 들고 집으로 돌아간다.

무더운 하오의 햇살 막막히 내려 비추는 신작로 길, 낮술 벌건 기념타월, '사람이 한울님임'을 누구도 아는 이야기를 이제는 모두 잊어버리고, 털털거리는 경운기 같은 세상에 온몸 떠맡긴 채 사람들 그렇게 뿔뿔이 흩어져 간다.

* 인내천人乃天은 '사람이 이에 한울님'이라는 뜻으로, '세상의 모든 사람이 한울님을 모시고 있다.'는 '시천주侍天主' 사상을 근거로 하여 생겨난 동학 · 천도교의 종지宗旨임.

천국은 늘 우리에게

어서 오십시오. 행운권을 뽑아 주십시오. 여름의 뭉게구름과 끝없이 이어나간 소나무숲, 가슴 가득 푸르게 펼쳐진 바다가 기다리는 당신의 나라로 인도하겠습니다. 천국의 심장까지 닿는 고속도로로 이제 당신은 들어섰습니다. 차량의 기나긴 행렬은 이 세상의 끝까지 이어져 그 마지막을 알 수가 없습니다. 그러나 마지막을 알 수 없다는 것, 이것이 천국으로 가는 길이 아니고 무엇이겠습니까.

어서 오십시오. 버튼을 누르면, 날름 내놓은 혓바닥 같은 당신의 행운권. 그것을 뽑는 순간 당신은 이 천국의 한 식구가 되는 겁니다. 이 길이 끝나는 그곳까지 당신은 이 길에서 이제는 결코 벗어날 수가 없습니다. 아, 아, 천국은 늘 우리에게 무엇도 강요하지 않습니다. 천국으로 가는 길은 늘 외통수, 오로지 꾸준히 가야 하는 숨가쁨뿐이 없기 때문이지요. 이제 막 천국으로 가는 행운권을 움켜쥔 여러분!

반 손

초등학교 저학년 시절 나는 손을 잘 들지 못하는 학생이었다. 우리들에게 선생님께서 질문을 할 때, 실상 나는 그 답을 알고 있을 때가 더 많았다. 그러나 한 번도 제대로 손을 들고 대답을 하지 못했다. 속으로만 혼자 "저 답은 이건데…" 하며, 겨우 마음속으로 들어 보는 반 손. 손을 들지 못한 나는 한 번도 선생님 앞에서 떳떳이 답을 말하고 칭찬을 받은 적이 없었다.

오늘도 나는 세상을 향해 번쩍하고 손을 들지 못한다. 그건 아니오, 틀렸소, 이렇게 해야 합니다. 소리 높여 세상을 꾸짖은 적은 더더욱 없다. 그저 누가 볼세라 여차하면 내릴 양으로 자라목만큼 반쯤 팔을 올리고 세상의 눈치나 살피곤 했던 나의 손. 올릴지 또는 내릴지 아직 정하지 못한 나의 반만 치켜 올려진 손. 그러나 실상 나는 나름대로 알기는 그저 다 알고 있었다. 세상의, 세상의, 그 세상의 일들을 말이다.

3부

■ 시인의 얼굴과 육필

밥 바이, 잠 바이

禹 錫山

지금까지 나는 버릇둥이나
달래며 살아왔다

배가 고파 보채면 밥 집어
넣고

졸립다고 꾸벅이면 잠이나
퍼 담으며

오직 오관의 명주, 그놈이
시키는 대로

안 들으면 이내 어떻게 될
까 보아

차곡 차곡 밥 바이 잠 바이
만, 그렇게 쌓아 왔다

4부

국밥 한 사발

맹춘기孟春記

뜨거워지는 지열地熱 견디지 못하고
꽃들 스스로 제 몸 열어 가고 있구나.

보이잖는 소용돌이와 격렬함,
우리 모두 그렇게 태어난 것이로구나.

어느 이산離散

아들이 해방둥이라고 했다.
그러니 올해가 꼭 환갑.

지금도 완구점 앞을 지날 때면 저도 모르게 눈길이 가는,
마음 속 아들은 오늘도 다섯 살이다.

묘약妙藥

꽃나무 환한 그늘 아래 잠이 들었네
온통 꿈속 꽃잎 휘날리고.

누군가 가만히 와서 흔드는 손길
나는 오래도록 깨어나고 싶지 않았네.

쪽잠

지하철 의자에 웅크린 채 잠이 든다.

꿈은 발치에 덮여진 거적때기.

악몽이듯 때로는 악다우리 지옥이듯

오늘도 웅크린 잠 속

파고들며, 다만 부려 놓는 수많은 발길.

그러나 꿈속, 나의 열차는 오늘도 당도하지 못한다.

의족義足인 세진에게

여섯 살 세진이는
오늘 비로소
세상의 맨땅을 처음으로 내디뎌 본다.
몸과 땅과의, 그 엄청난 거리.
세진이에게 의족은
땅과의 그 거리를 이어 주는 당당한 희망.

4킬로그램의 무거운 다리 구부리는 연습을 한다.
안간힘으로 두 다리 버티며
맨땅과 몸과의 거리를
실감해 본다.
여섯 살 세진이
오늘 희망이라는 이름의 세상을 향해
4킬로그램, 그 버거움. 아, 아, 당당히 내디뎌 본다.

겨울 숲

잔뜩 몸 웅크려 들어앉은
녀석들이며
눈 바로 뜨고 숨어 있는 놈들.

네 안엔 비상하는 꾀꼬리의 노래가 담겨 있구나.

허벽당시 虛碧堂詩

구름 잠시 머물다 떠난 하늘 밑
초당草堂 한 채 덩그마니 서 있구나.
마음을 비우고, 그리하여 벽을 허문 사람들이
수시로 드나들듯,
초당草堂 사방 터진 사이, 문 아닌 문 모두 열어 놓고 있구나.

사방 벽 아닌 벽으로 툭 터진 초당草堂 마루에 올라앉아
짐짓 옷깃 풀어헤치고
허허 하고 웃어 보는 만면滿面의 여유.
먼 산 그림자 문득 문 없는 벽면 밀고
성큼 다가와 가부좌 틀고 앉는구나.

독경讀經이나 한 구절, 읊조리는 한나절
초당草堂 난간으로 기웃대는 녹음綠陰이며 산간 바람
성큼 들어와
선선히 가슴 풀어헤치고 있는 곳.

나 오늘
한세월 잠시 벗어 버리고

허공에 기대어 그렇게 덩그마니 서 있는,
바로 너, 허벽虛壁이 된다.

낮잠

어제는 늘어지도록 낮잠을 잤다. 며칠 동안 소모시킨 육신 다시금 되돌려 놓았다. 잠시 세상의 물밑 현란한 듯 일렁이었다. 햇살들 떨어지며 비로소 마당 위 반짝이며 눈뜨고 있었다. 멀리 상수리나무 기지개를 켜며 다시금 푸르른 숲 이루고 있었다.

그림자 길게 드리운 채, 산등선 성큼이며 건너오고 있었다.
붉은 저녁 해 그 긴 허리를 늘어뜨리고 게으른 기지개를 켜고 있었다.
하늘가론,
은빛 금빛 아, 아, 솟구치는 새 떼들.

낙조의 그 환한,
천상天上 향한
크나큰 홍소哄笑, 문득 터져 오르고 있었다.

달밤

달빛 받으며 날아가는 기러기 떼

마음 가만히 건반 누르면,
하늘가 은은한 음표音標 되어
남南으로 남南으로 아득해지는 기러기 떼.

가슴속 깊이 숨겨진
현絃
울려 오는…, 그대 그리웁구나.

유신참마 庾信斬馬

사랑하는 여인 천관녀天官女의 집 문 앞에서
김유신金庾信이 말의 목을 베다니, 참으로 어처구니없구나.
말은 본래 그 옛길을 잘 헤아려,
술에 취하여, 잔등 위에 꺼덕이며 잠든 주인의 심정 너무나
잘 헤아린 죄뿐이 없나니.

그러나 어디 세상 목베어 떨어진 놈이 유신의 말뿐이겠
느냐?

경주박물관 앞뜰,
잘못 현신現身하여, 이승의 문 앞 기웃거리다
머리 잘려
그래서 이내 몸뚱이만 남은 부처님
잠 못 드는 세상 향해
오늘도 몸통으로 설법 펴고 있구나.

장장유유_{長長幼幼}

잡놈 몇이 모여
이제 나이깨나 들었다고,
되잖은 이력 들먹이며
"어흠 어흠."
세상 어른노릇 다 하고 있구나.

종로통, 을지로통, 충무로통 즐비한 간판들도 참지를 못
해
몸 비틀 근질근질
하늘마저 멍울멍울 두드러기가 돋는네…,
이 나라 문명국의 장장_{長長}의 유유_{幼幼}.

축하 메시지

육십이 바라보이는 이 나이에, 나로서는 고대광실 집 한
채 지었다.
남은 터에 개집도 한 채 올리고,
라일락이며 목련도 몇 그루 심었다.
그놈들은 어떻게 알았을까
내가 이곳 빈터에 나무와 꽃들을 심었는지
아침이고 낮이고 찾아와 윙윙이며 날아다니는 그놈들
저놈들은 과연 어떻게 알았을까
바람결엔 듯 날아와 뿌리 내리고, 잎 띠우고
이내 가녀린 꽃도 피우는 또 저놈들은
내가 이곳 자기들과 같이 뿌리 내리려고 하는 마음을
어떻게 알고, 어떻게 알고
이렇듯 축하 메시지를 보내는 것일까
이 나이에, 나로서는 정말 고대광실 집 한 채 마련한 줄을

산불

불은 천년 고찰 낙산사洛山寺를 태워 버리고 말았다.
보물 동종銅鐘이 고리만 남아 잿더미 속에서 뒹굴었다.
함추무간陷墜無間 떨어져 버린 육신
어디 세상에 죄업罪業 한번 짓지 않은 사람 있겠느냐마는
아직 이승 떠나지 못한 마음 하나
검은 흙 사이로 모락모락 피어오르고 있다.

국밥 한 사발

순대국집 문을 밀치고 한 무리의 사내들이 들어선다.
펄펄 끓는 가마솥 뜨거운 김,
"어서 오이소." 훈훈히 맞이한다
식탁에 놓이는 듬성듬성 썬 깍두기며,
곰삭은 새우젓
세상은 이내 듬뿍 담겨져 나오는 국밥 한 사발
엄동의 겨울도 그만 훌훌 외투를 벗어젖히고
잔뜩 웅크린 얼굴을 푼다.
입 안 가득 고봉의 수저 집어넣는다.
와삭와삭 씹히는 한겨울의 훈훈함
세상은 이래서 견딜 만하다고 하는 것인가.

봉변

아침에 일어나 창문을 열고 내다보니
참으로 이런 일이
아무도 모르게 찾아와 온통 세상을 뒤덮고 있는,
실상 우리는 맞이할 준비조차 하지도 못했는데
준비는커녕 조금의 기대조차 갖지를 못했었는데
우리 모두 잠든 사이
이렇듯 불현듯 찾아와
세상의 모든 물상이며 우리의 마음까지
모두모두 감싸 안으며
뜻하지 않은 우리의 환희가 되다니
참으로 세상에 참으로 이런 봉변이
이런 봉변이
마음까지 하얗게 된, 봉변의 어느 새아침

어느 날의 언쟁

나를 괴롭힌 것은 그날의 언쟁이 아니었다.
돌아오는 밤길 구둣발에 채는 어둠이었다.

아무리 차고 차도 물러나지 않는,
아무리 밟고 밟아도 뭉개지지 않는,
어둠 속 문득문득 고개를 내미는 내 못난 몰골이었다.

4부

나는 누워 있었다

군에 가는 아들에게

30여 년 전, 군용열차에 실려
아버지는 덜컹이는 철교를 건넜다.

머나 먼 미지의 지역 논산 연무대를 향하여
건너던 한강의 철교.
그러나 그 덜컹임,
아직도
되돌아오지 못하고 있단다.

몇 번의 눈이 내리고, 또 꽃이 피고
사람의 날들이 지나갔어도
언제고 되살아나는 한강철교의 그 덜컹임.

살아가는 날들이 서로 뒤엉켜
아득히 길 잃을 때면,
어김없이 건너곤 하던 그 철교를, 오늘 너 또한 건너는구
나.

── 건너고 건너는 세상의 하 많은 철교들.

삶이란 늘 덜컹거림의 연속이라는 것을,
30여 년이 지난 오늘
너와 함께 건너는 한강철교를, 비로소 어렴풋이 알아채
고 있구나.

딸에게

이제 열다섯, 딸아이는 매일 밤 사이버의 세계 속으로 여행을 떠난다. 미지의 문들을 커서로 두드리며, 낯선 사내아이들과 대화방을 기웃거리며, 딸아이는 온 세계로의 길을 떠난다.

매일같이 만나는 딸아이의 사이버 공간 속에는 외눈박이 공룡이, 혹은 어둠을 활활 태워 버리는 불의 칼, 몸 스스로 부끄러워 가슴 조이는 길목.

그러나 아이야, 꽃피고 새 울고, 또 온갖 풀들이 자라는 들녘을 봐라. 세상의 가슴가슴마다에 뿌릴 내리고, 그리하여 푸르른 하늘 향해 꽃망울을 터뜨리는 생명의 축제.

지상의 모든 불빛 꺼지는 밤이면, 꽃등 환히 밝혀지는 세상의, 컴퓨터 자판을 두드리며, 낯선 길들 하나 둘 열어 가는, 이제 마악 열다섯. 아 아 우리의 열다섯 딸아이.

기계론

체내를 빠져나온 검붉은 피들은
헐떡이며,
투명한 비닐 튜브관을 돌아, 빽빽이 그물망 드리워진
투석기透析器를 돌아,
돌아, 돌아서
이제는 다소곳이 숨죽인 모습으로
다시금 몸 안으로 돌아, 들어서고 있구나.

순치馴致될 수 없는 불뚝이는 나의 붉디붉은 욕망들.
공손하라, 겸허하라, 그리고 머리 숙여라.
널브러진 내 육신을 향해, 아 아 사각四角으로 우뚝 서서
근엄함 음성으로
기계는
그 묵시의 훈계, 묵묵히 돌려내고 있구나.

투병

신록 퍼지는 초봄부터
짙푸름 끝 갈 데까지 간 그 여름 한나절까지
나는 투병 중이었다.
창 밖으론 나뭇잎들 나날이 무성해지고
그러나 나의 혈액血液, 다시 맑아지지는 않았다.

둔중한 발걸음으로 죽음
온종일 내 삶의 변두리를 서성이고.
안으로 빗장 지른 시간의 문
아무도 와 두드리는 이 없이
굳게 그 입술 깨물고 있었다.

창 밖 세상은 온통 무더위로
짙은 삶의 숨결 헐떡이고 있는데
징그러운 이승의 시간 펼쳐 보이며,
온 천지 녹음 그렇게 세상 곳곳으로 번져 가고 있었다.

숨죽인 채 버티고 선 세상의
뒤축.

문득 풀어 버리고픈 그 안감의 힘.
닫쳐진 시간 견디며, 칠흑의 눈 다만 끔뻑이며
나 그렇게 살아 있었다.

다시 그 봄날을

비 오는 한낮, 꽃그늘 아래 서고 싶다.
그리하여 쏟아지는 꽃비
온몸으로 적시고 싶다.

꽃물 그렁그렁 드는 이승의 뜰, 다시금 서성이고 싶다.

2000년 봄

뜨거운 형량刑量이 언도되었다.
문득 수족 묶임을 당하였다.
이제는 꼼짝없이
여기 그어 놓은 선을 넘어서면 안 된다.
허락 없이 배회를 해도 안 된다.
듣고 싶은 소리도 마음대로 들을 수 없다.
철컥 철문鐵門 닫히고
이제 소등消燈 하라는 호각,
어둠을 가르고 다가와 전신을 흔들었다.
끝 모르는 깊이
아득히 함몰되고 있었다.

병상 일기

천장만을 멀뚱히 바라보며 누워 있는 동안
너는 무엇을 했니. 꾸역꾸역 세상의 일들 입안으로 집어
넣으며, 바쁘다, 바쁘다 하며 지냈니.

진종일 낮달만 떴다간 이내 지고 마는,
다리가 무료해 서로 엇바꾸어도, 그래도 무료해 구부렸
다가는 또 폈다 하며 견디는 시간들.
너는 무얼 하며 지내니.

어제는 촉촉히 봄비 뿌리더니, 창 밖 수양버들 늘어진 가
지가지마다 푸름 돋아나고 있구나.
잠시 푸르른 시간 내게도 있었단다.

혼돈의 잠자리 깨어나 문득 바라다본 희디흰 벽면 뒤로
꼬릴 감추며 달아나는,
이제는 붙잡을 수 없는 내 일순一瞬의 생애들.

— 세상은
홀로 잠드는 법
오늘도 내게 가르치고 있구나.

나는 누워 있었다

고려대학교 안산 병원 이틀에 하루씩 나는 그곳에 누워 있었다. 하루치의 탐욕과 하루치의 애증이 적재되어 황폐해진 피 모두 몸 밖으로 뽑아 내어, 거르고 걸러져 다시 몸 안으로 되돌아올 때까지 나는 누워 있었다. 천 갈래 만 갈래 달려나가던 비명소리 제결에 잦아져 온몸 구석구석 스며들 때까지 나는 누워 있어야 했다. 꽈—악 입다문 저쪽, 그러나 생각하면 늘 황홀하기만 했다.

갈喝

노승은 평생을 침묵을 지키며 살아왔다.

침묵은 그에게 명성을 얻게 하였다.

그러나 명성은 그의 침묵을 그냥 두지를 않았다.

말씀

보이잖는 손들,
오늘도
세상의 지치고 아린 가슴가슴마다에
한 폭 난을 치는구나.

은은한 향기로 지키는
징신 같은 것.
혹은 인동忍冬의 시간 속,
스스로의 자세를 견지하며
돋아나는 푸르름 같은 것.

밥을 위하여, 온종일 도심을 붐비며 다니다
돌아온 저녁.
문득 곁눈으로 들어오는,
이제 마악 그 꽃대를 밀어 내려는
아 아 안쓰러움 같은 것.

십 년 그리고 또 십 년….
그 기나긴 시간

물줄기, 그 흐름 한 번도 바꾸지 않은 채
사람에서 사람으로,
그 향기의 말씀.
오늘도 또 오늘도 은은히 번져 가고 있구나.

정겨운 필체

시집을 받았다.
‘윤석산尹錫山 사형詞兄께’ 굵은 만년필 글씨로 씌어진 글씨
참으로 오랜만에 만나는 이름이구나!

만년 동안 쓸 줄로 알았던 만년필도 이제는 손에서 떠난
지 오래다
컴퓨터 좌판이나 두드리며,
액정 화면에 뜨는 글씨나 변형시키며

나는 너무 오랫동안 내 이름의 정겨움을 잊었었다.

‘사형詞兄’, 이제는 누구도 불러 주지 않는,
남편이, 아버지가, 아저씨가 되어 버린
나를

보이지 않는 어디에서
나직이 부르고 있다. 정겨운 필체로,

‘윤석산尹錫山 사형詞兄’

젊음, 그 서성임

그는 오늘도 서성이고 있다.
젊음, 그 골목의 끝
한 권의 노트와 책,
다만 양손 깊이 찌른 어두운 사색.

그가 떠돌던 관목灌木 낮은 숲가론
아직 램프 꺼지지 않았다
수런거리는 슬픔의
무리 이끌고 거닐던 우리
젊음의 길섶.

별빛 떨어져,
가장 아름답게 반짝이는 밤이 되면,
모두들 두런거리며, 그렇게 불빛 따라 모여들던
아득한 우리 기억의 수면水面

생각하면, 이내
그 불빛만큼이나 어둡게 차오르던 가슴.
두근거리며, 두근거리며

그러나 아, 아 수많은 생각의 새 떼
하늘 가득 날리며
그는, 오늘도
젊음 그 골목의 끝,
돌아갈 수 없는 길, 다만 오래오래 서성이고 있다.

안산 이야기

1

본디 나지막한, 그래서 편안한 산들이 많다고 하여 붙여진 이름, 이곳 안산엔 이제 협궤 열차는 지나지 않는다. 고만고만한 산과 마을들이 서로 이마를 맞대고 구릉을 이루며 양편으로 펼쳐진 철길을 따라 하루에 서너 번씩 달리던 열차, 이제는 그 고단한 육신肉身 모두 풀어 버리고, 소래포구 어디쯤 고철古鐵의 편안한 잠 청하는 시간. 뜯겨지는 철길마냥, 안산 문득 제 몸 허물고 있다.

2

가까이 황해의 물결 밀려오던 곳, 곳 안의 드넓은 고잔 뜰, 그 가슴을 가로질러 한 줄기 푸르른 띠마냥 흐르던 수로水路, 수로를 끼고 끝없이 펼쳐지던 벼이삭의 황금 물결들, 이제는 모두 사라져 버리고 시멘트와 철근의 가슴을 지닌 채 우뚝우뚝 버티어선 골리앗, 천千의 눈 밤마다 번쩍이며 밝히고 있다. 그러나 밤마다 불야성不夜城을 이루는 중앙동, 천상天上 향한 상가商街의 꼭대기, 그 꼭대기마다 내려앉은 붉은 십자가, 하늘로 가는 길, 너도나도 밝히고 있다.

3

외각수外角獸 포크레인에 산의 허리는 잘리어 무너져 내리고, 밑동부터 파헤쳐져 나뒹구는 소나무. 그러나 봄 오면 진달래 무리를 이루며 피어나는 안산골. 아 아 봄 아지랑이 피어오르는구나. 개발이라는 아픔, 변화라는 슬픔 온전히 받아들이며, 그리하여 안산, 가사뫼산 기슭마다 진달래꽃 무리 무리지어 피어나는구나. 상처난 살이듯, 혹은 숨겨진 열망이듯 이 모두 간직한 채, 가사뫼산 붉디붉은 신혈鮮血 그 가슴 이 봄 열어 보이고 있다.

하국夏國 무량사운無量寺韻

1

바다가 들어오다가 멈칫
멈추인 골짜기,
하국夏國 무량사無量寺는 그곳에 자리하고 있었다.

2

들보며 기둥이며 서까래며
기왓장 한 장까지도
바다를 건너서 이곳에 왔다는.

그리하여 석탑石塔을 싣고서야 비로소
무사히 큰 바다를 건너올 수 있었던 아유타국阿諛他國
공주, 허황옥許黃玉의 소망 같은
바다는 붉은 바지를 벗은 채, 자색 끈에 묶이어
출렁이고 있었다.

3

문득 코끼리를 탄 파란 눈의 동자승童子僧이라도 나올 듯,
한여름 하국夏國의 무량사無量寺.

풍경 소리마저 멈추인 시간.
야자수 그늘 아래 소리를 바라보며 잠이 든 관음觀音의
넉넉한 미소.

이승 저편으로부터 불어오는
바람에 일굴 묻고 있는,
저들의 싱싱한 등푸른 고뇌.

4
그러나 천상天上의 사닥다리 그 아래
고여 있는 세상의 더러운 웅덩이를 헤집으며,
소금쟁이들
자꾸만 세상 밖으로만 쏠리려는 용심用心
견제하고 있었다.

한낮의 푸르른 정적 견디며
하국夏國,
그 무량의 오랜 입다묾

더욱 굳건한 빗장 지르고 있었다.

* 하국夏國은 여름 나라라는 뜻이다. 그 음音과 뜻을 빌어 표기한 것으로, 하와이를 지칭하는 말이다. 이곳 하와이 오하우섬 팔로로(Palolo) 계곡에는 이곳의 교민들이 성금으로 세운 사찰寺刹 무량사無量寺가 있다. 이의 처음 이름은 대원사大願寺였다.

세상의 강을 건너며

1
낡은 지도책 하나 몰래 가슴에 품고
왔다.
날 저물어, 길 막막한 시간이면
아무도 몰래 꺼내서 들여다보던

희미한 어등漁燈, 그 불빛 하나 깜빡이는
길
따라
위험 위험 그렇게 우리는 건너왔다.

2
침묵의 깊은 강물 흐르고
그리하여 문득
풀벌레 소리마저 끊긴 시간

하늘의 별들 우루루 우루루 떨어져 쌓이는
심산心山 야삼경夜三更.
그 막막의 들판을 가로질러

우리 모두 그렇게 왔다.

3
등불 하나, 그 슬픔의 심지
밤새워 돋우며
아직도 풀어 내지 못한 한 뭉치의 실타래.
오래오래 가슴속, 간직한 채.

그러나 더러워진 벽지 위, 일렁이는 낯선 그을음으로.
밤새도록 잠 못 드는,
울컥이며 목울대 차오르는,
천 갈래 만 갈래
갈래갈래 흩어지고 마는 아픔의 덩이들

남몰래 가슴 깊이 간직한 채,
오늘도
세상의 낡은 지도 위,
그 얼크러진 길을 헤매듯
우리 모두, 그렇게 세상의 강 건너가고 있다.

어부사 漁父辭

낮달 기웃 강 서편에 걸려 있다.
멀리 노랫가락 소리 들려온다.
보신탕, 삼계탕, 오리탕 간판 사이로
낮달 부끄러이 얼굴 감춘다.

웃옷 벗어부치고, 혹은 다리를 걷어 올리고 앉아
남의 패를 힐끔이며
자신의 패 더욱 끌어안는 망중한忙中閑
그 안에서도
무한 경쟁은 끊임없이 전개된다.

이제 세상 등진 채 강호江湖 찾아들어
읊조리며 떠도는 사람은 없다.
가슴 활짝 열어 놓고 풀풀 티끌 떨어 내는 사람도 없다.
다만 한때 밥 먹고, 술 먹고 즐기기 위해
강호는 필요할 뿐

— 성인聖人은 물응체어사물勿應滯於事物하나니.

"세상의 물결이여
그 물이 맑으면 내 갓끈을 빨 것이로다.
세상의 물결이여
그 물이 더러우면 내 발을 씻으리로다."

한 음절씩 끊어질 듯 이어지는 어부의 가락
무심한 세상의 등짝 떠밀어 내며
강안江岸 멀리, 멀리 번져만 가고 있다.

■ 시인의 꿈과 길

시에 대한 몇 가지 기억

1

고등학교를 다니던 시절이다. 시쓰기에 거의 넋을 놓고 지내던 시절이기도 하다. 청계천 헌책방을 뒤지고 다니며 시집이나 시에 관련된 책들을 사서 읽곤 하였다. 물론 국어 시간에도 선생님으로부터 시를 배우기도 하였다. 그러나 그때나 이때나 교실에서 배우는 시는 '시험을 위한 시공부'라는 면을 크게 벗어나지 못했다.

그러던 중 국어 시간에 일종의 '문학사' 비슷한 것을 배우다가, 육당 최남선의 「해에게서 소년에게」라는 작품에 관하여 듣게 되었다. 우리나라 최초의 신체시로 우리나라 신시新詩, 근대시의 장을 연 최초의 작품이라는 엄청난 의미를 지닌 시라는 이야기를 듣는 순간, 나는 정말로 이 작품을 읽고 싶은 충동에 휩싸이고 말았다. 얼마나 대단한 시작품이기에, 그렇듯 기념비적인 작품인가?

작품을 수소문해서 읽게 된 「해에게서 소년에게」는 그때 나에게 있어 참으로 충격적이지 않을 수가 없었다. 세상에 내가 읽은 작품 중에 이렇게 재미없는 시는 없었다. 그런데 이 작품이 그렇게 유명한 작품이며, 그 제목이 늘 국어 시험에 나오는 작품인가 하고 나는 내심 놀라지 않을 수가 없었다. 그래서 나는 문학사에서 거론하고 있는 작품과 좋은 작품은 다른 것인가 하는 생각을 하기도 하였다. 실상 나는 그때 문학사의 기준이 어떤 것이고 무엇이 문학사에 있어 중요한 것인지를 잘 알지 못했기 때문이기도 하다.

고등학교 시절, 나는 당시 추천작품이 실리는 유일한 문학지인 『현대문학』을 열심히 읽었다. 특히 기성의 작품보다는 '추천작품'들을 주로 읽었던 것으로 기억된다. 그런가 하면, 새해 벽두부터 일간지에 발표가 되는 신춘문예 당선 작품들을 모두 읽으려고 노력을 했다.

그때는 석간신문과 조간신문이 나뉘어 나올 때이기 때문에, 석간신문인 경우 12월 31일 오후에, 조간신문인 경우 신년 1월 1일 신문이 나왔다. 우리 집에서 모든 신문을 구독하지 않았기 때문에 나는 12월 31일 저녁부터 다음날인 1월 1일까지 가판대에서 파는 신문을 구하려고 바쁘게 돌아다니곤 했다. 이때 이렇게 구한 신춘문예 당선작과 또 문학지의 추천 작품은 내 시쓰기의 가장 요긴한 길잡이가 되기도 하였다. 이들 추천 작품이나 신춘문예 당선 작품들에서 나는 신선한 시적 표현들을 만날 수 있었기 때문이다. 아마도 이와 같은 경험은 나만은 아니라고 생각된다. 당시 대부분 시를 공부하던 사람들은 이런 경험을 했을 것으로 생각이 된다. 나의 고등학교 시절, 이렇듯 나는 시적 표현의 문제, 언어의 문제에 매달리며 시쓰기를 했던 것으로 기억된다.

다시 말해서 시의 언어와 언어가 만나고 부딪치면서 일으키는 그 맛에 빠져 있었던 것이다. 그러니 "처……ㄹ썩,

처……ㄹ썩, 척, 쏴……아. 때린다 부순다 무너 버린다. 태
산 같은 높은 뫼, 집채 같은 바윗돌이나, 요것이 무어야, 요
게 무어야. 나의 큰 힘 아느냐 모르느냐, 호통까지 하면서,
때린다 부순다 무너 버린다. 처……ㄹ썩, 처……ㄹ썩, 척,
튜르릉, 콱."하고 전개되는 「해에게서 소년에게」라는 이 작
품이 지닌 시적 언어에서 아무러한 매력을 느끼지 못했었
음은 당시로서는 너무나 당연한 것이 아니겠는가.

박물관 진열대 한 귀퉁이에 '한국 최초의 근대시' 라는 푯
말을 붙이고 진열되어 있는, 박제된 최초의 근대시 「해에게
서 소년에게」는 당시나 지금이나 나에게 있어는, 그 이상도
또 그 이하도 되지를 못한다.

2

내가 중학교 1학년을 다니던 1960년 4·19 의거가 일어
났다. 3·15 부정선거니 하며 어린 우리들 마음에서조차 침
담함을 느끼게 하던 현실이 4월에 들어서서 이렇듯 터지고
만 것이다. 그 이후 1년 후에는 5·16이 터졌고, 이후 한일
협정 반대 데모 등 학기가 시작되어 얼마 있지 않으면 데모
와 함께 학교는 늘 휴교령이 내려지곤 했다. 이렇듯 나는
중학교 1학년 이후 정상적으로 학기를 공부한 시절이 없었
다. 5월이나 6월이 되면 늘 조기 방학이 우리를 기다리고
있었기 때문이다.

군에서 제대를 하고 대학에 복학을 한 이후에도 이런 사
태는 여전했다. 복학을 한 1년 후인 1972년 10월에는 박정

희 정권에 의해 일컫는 바 유신선포로 대학의 문이 닫혔다. 2학기 성적은 모두 리포트로 대신해야 하는 상황이 되었다. 이와 같은 때에 리포트나 시험 대신에 고려속요를 전부 외우는 것으로 이를 대체했던 과목이 있었다. 대체적으로 짧다고 이야기하는 「정읍사」나 「사모곡」, 「유구곡」, 「정과정곡」 등에서, 길고도 긴 「동동」, 「서경별곡」, 고려속요인 「처용가」, 경기체가인 「한림별곡」 등까지 모두 외워야만 우리는 학점을 받을 수가 있었다.

군인들이 대학의 정문을 지키는 동안 나는 이들 고려속요들을 외웠다. 처음에는 고어가 지닌 뜻이나 한자어가 지닌 의미를 찾는 데 많은 시간을 보내야 했다. 그러나 이들 고려속요들은 외우기가 생각보다는 그렇게 어렵지를 않았다. 이들 고려속요는 나름대로 리듬을 지니고 있있고, 여러 번 읽어서 그 리듬만 익숙하게 되면, 가사 내용은 보다 쉽게 암기가 되었다. 즉 리듬에 따라 속요를 외울 수가 있었던 것이다.

이렇듯 고려속요를 외우면서 나는 고려속요가 오늘의 여느 자유시보다도 시적 리듬이나 시적 사유에 있어 자유스러우며, 또 어떠함에도 얽매이지 않는 신선한 감성이 담겨진 시가임을 알게 되었다. 당시 나를 매료시킨 속요가 많았지만, 특히 달거리 노래인 「동동」이 지닌 리듬감이나, 「만전춘 별사」가 지닌 시적 언어의 감칠맛은 여러 면에서 나를 시의 재미에 빠뜨리게 한 작품이 아닐 수 없다.

"얼음 위에 댓잎자리 보와 / 님과 나 얼어 죽을망정 / 정든 오늘 밤 더디 새오시라, 더디 새오시라” 하는 구절은 연연하지마는 애처롭기 그지없어 그 감동이 오히려 감소된다. 그러나 “남산南山에 자리보아 / 옥산玉山을 벼여누워 / 금수산錦繡山 이불 안에 / 사향麝香 각시 안아 누워 / 약藥든 가슴 맞추이다 맞추이다.” 하는 마지막 구절에 이르면, 저절로 그 감미로움이 살아난다.

'남산南山, 옥산玉山, 금수산錦繡山' 은 조선조 문인 송세림이 쓴 소화집인 『어면순禦眠楯』에 나오는, 남녀가 잠자리에 들어 서로 희롱을 하며, 여성의 성기를 옥문산玉門山, 또 남성의 성기를 주상시(朱常侍, 붉은 놈이 언제나 모시듯이 서 있음을 비유함), 홍동씨紅同氏 형제니 하는 해학의 풀이 정도를 넘어서고 있다.

남산에 자리를 보고 옥산을 베고 누웠으니, 그 얼마나 그윽하고 또 넉넉한가. 더구나 금수산 이불을 덮었으니 참으로 그 어느 신혼 밤이 이보다 더할 것인가. 이와 같은 밤에 남성을 매혹시키는 사향麝香을 가슴에 그득 품은 여인을 안고 누웠다. 이쯤 오면 그 감미로움이 어떠한지는 상상이 간다. 시의 한 구절이 이러한 감흥과 상상을 준다는 것이 참으로 매력적이지 않을 수가 없었다.

그러나 이 시는 이에서 그치지를 않는다. “사향각시를 안고 누워, 서로 약藥 든 가슴을 맞춘다.”라고 노래하고 있다. '약 든 가슴', 이는 과연 어떤 가슴일까. '약' 은 어떤 약일까. 그냥 가슴이 아닌 약 든 가슴을 맞추는 이들 두 연인에서 우리는 결코 분리하기 어려운 애욕과 사랑의 경계를 아

슬아슬 넘나드는, 그 경지를 만나게 된다. '가슴'과 '약'이
라는 시어를 선택하고 결합해서 쓴 이 시인은 과연 어떤 사
람일까. 나는 사실이지 이 구절에 이르게 되면, 참으로 숨
이 다 막힐 지경이다.

또한 "정월 나린 물은 어저녹저하는데 님아 나 홀로 녈셔
아으 동동 다리" 하는 「동동」이 지닌 술술 넘어가는 리듬감
은 마치 노랫가락을 대하는 것과도 같다. 이러한 리듬과 함
께 이제 혹한의 겨울이 지나 정월이 되어 냇가의 물은 얼었
다가는 녹고, 또 녹았다가는 얼어 봄은 머지않아 올 것인
데, 떠나간 님은 돌아오지 않고, 그래서 나 혼자 살아갈 그
처연함을 우리는 고려속요 「동동」이 지닌, 참으로 자연스럽
게 넘이기는 리듬 속에서 만나게 된다.

어느 의미에서 나는 시의 참맛을 우리나라 최초의 근대
시라고 일컫는 「해에게서 소년에게」 등에서 느꼈다기보다
는, 고려속요에서 느끼고 배웠다. 옛날의 시가 좋은 것은
단순히 옛것이기 때문이 아니다. 시간과 공간을 초월하는
리듬과 감성이 그곳에 담겨 있기 때문이다. 그래서 오늘까
지도 싱싱하게 우리에게 다가오기 때문이 아니겠는가.

3

당나라 때 작품인 '당시唐詩'가 품격이 높다는 것은 세상
이 다 아는 이야기이다. 당시에도 여러 유형과 격조가 있겠
지만, 나를 매료시킨 것은 이백李白의 평범한 시 구절 하나이
다. "양인대작산화개兩人對酌山花開 일배일배부일배一杯一杯復一杯"

하는 구절이 바로 이것이다.

어찌 보면 너무나 평범한 구절이 아닐 수 없다. "두 사람이 마주앉아 술을 마시는데, 산꽃이 피네 / 한 잔 마시고 한 잔 마시고 또 한 잔 마시네." 하는 구절은 평범함을 지나 싱겁기까지 하다.

그러나 이 평범한 구절을 읽던 어느 날, 어떻게 이렇듯 자연과 인위를 묘하게 조화시켜 낼 수 있을까 하고, 나도 모르게 무릎을 쳤던 기억이 난다. 두 사람이 마주앉아 권커니 받거니 하며 술을 마시니 두 사람 모두 취하지 않을 수 없다. 술을 마시기 전 두 사람은 아마도 맑은 정신에 서로가 서로의 이야기를 했을 것으로 생각된다. 그러나 술을 주거니받거니 하는 동안 두 사람은 술이 취하고 '네가 내가 되고, 내가 네가 되는 지경'에 이르게 된다. 다시 말해서 술로 인하여 네가 없어지고 또 내가 없어진 지경에 이른 것이다.

이와 같은 취흥의 경지는 자신도 모르는 사이에 일어나고 또 도달하는 것이다. 어찌 보면, 술을 마신다는 작위作爲를 빼고는 술은 모든 것을 무위無爲의 경지로 이끌고 있다. 그러나 이러한 무위의 경지는 술을 마시는 두 사람에게만 있는 것이 아니다. 산에서 피는 꽃, 그 꽃이 피는 것 또한 무위자연의 일이다. 물이 흐르거나 꽃이 피는 것水流花開', 이 모두가 무위자연이 아닌가.

이백의 이 시 구절은 이렇듯 '술을 마신다는 행위와 꽃이 핀다는 사실'을 참으로 천연덕스럽게 하나로 융화시키고 있다. 두 사람이 마주앉아 술을 마신다. 한 잔, 한 잔 계속 마신다. 술을 마시므로 취기는 자신도 모르게 오른다. 자신들이 취기가 오르는 동안 산에서는 꽃들이 피어난다.

어느 것이 자연이고 어느 것이 인위인지를 도저히 구분하지 못하게 하는 경지를 우리는 이 구절에서 만날 수 있다. 그런가 하면 자연과 인위가 하나로 융화되어, 술을 마시는 행위와 꽃이 핀다는 사실이 서로 별개의 것이 아닌, 모두 자연이 되고 있는 것이다.

나는 바로 이와 같은 이백의 시 구절에서 인위와 자연이 서로 어우러지는 경지를 발견하곤 무릎을 쳤던 것이다. 술을 마셔 도도해지는 그 취흥과 마찬가지로 자연 역시 꽃이 핀다는 그 도도한 지경에 이르고 있는 것이 아닌가. 아니면 꽃이 핀다는 그 감흥과 같이 두 사람은 술에 취하고 있는 것인지도 모른다.

어떻게 설명을 해도 흡족한 설명이 되지 않는, 그저 '양인대작산화개兩人對酌山花開'의 오묘함을 '당시唐詩'에서 읽으며, 무리를 해가며 시적 표현을 위하여 애쓰던 내가 얼마나 우매했는가를 깨닫게 되었다. 표현을 위하여 오히려 시적 의미를 애매하게 만들고, 그러므로 시에는 힘만 잔뜩 들어가 있어 읽는 사람들이 무슨 의미인지를 파악하기 어려운 시들을 얼마나 많이 썼는가, 나는 반성하기 시작하였다.

마치 힘꼴도 제대로 쓰지 못하는 사람이 잔뜩 어깨에 뽕을 집어넣고 품 잡고 다니는, 그런 모양의 시를 썼는지도 모른다. 그래서 나는 나의 시에서 힘을 빼기로 했다. 집착

된 표현에 얽매여 발현되지 못하는 나의 시적 의미들을 나 스스로의 올가미로부터 풀어 놓기로 했다. 그래서 이백의 천부적인 시는 아니지만, 자연스럽게 도달하는 세계를 나의 시에 구축하고 싶었다.

그러나 시적 의미가 얽매이지 않는 시의 표현을 향해 오늘도 나는 시적 표현에 매달리고 있다. 예술의 본질이 표현이라고 나는 오늘도 믿고 있다. 시를 쓰면서 갖게 되는 표현에의, 표현을 하며 느끼게 되는 그 재미가 없다면 왜 시를 쓰겠는가. 이는 곧 창작을 한다는 재미가 아니겠는가.

시적 표현에 골똘하며 얻게 되는 재미. 이 창작에의 재미는 시로 인하여 간혹 얻게 되는 이름, 그 공명심, 그것과는 도저히 비교가 되지 않는다. 내가 오늘 쓰는 나의 시가 문학사 속에서 우리나라 최초의 '무슨 무슨 시'가 되지 않아도 좋다. 다만 시를 쓰는 재미를 누릴 수만 있다면 말이다. 시를 쓰며 진정 그 재미를 누리지 못한다면, 나는 오늘이리도 시를 버릴 것이다. 아무런 미련없이.

1947년 2월 21일 서울 신당동(신당동은 광복 후 여러 동으
로 나뉘었다. 내가 태어난 동은 그 중 약수동이다.)
348의 25호에서 아버지 파평坡平 윤영중尹永重, 어머
니 순흥順興 안정난安貞蘭 사이에서 4남 3녀 중 셋째
아들로 태어나다. 부친은 본래 경기도 포천에서 누
대를 살아오다가, 젊은 나이에 서울로 와서 누대로
믿어 오던 천도교인의 따님인 어머니와 중매로 결
혼을 했다.

1950년 6·25 전쟁이 일어나고, 피난을 하지 못한 우리 가
족은 서울 신당동 집에서 기거를 한다. 아버지께서
민보단 부위원장을 지냈다는 경력으로 인민군에게
체포되어 총살을 당한다는 경험을 하신다. 9·28
수복을 이틀 앞두고 체포가 되어 야밤에 지금의 한
남동 단국대학 뒷산으로 같이 체포된 다섯 사람과
끌려가서 직결 총살형을 당한다. 그러나 천우신조
로 총알이 옆구리만 관통하고 지나가, 실신을 한 사
이 인민군들은 떠나가고, 간신히 정신을 차린 아버
지는 포승을 풀고 총 맞은 몸을 끌고 돌아와 극적으
로 사지에서 벗어난다. 이때가 아버지 40세이셨는
데, 이후 42년을 더 사시어 82세 되던 해에 노환으
로 돌아가셨다.

1951년 1·4 후퇴로 총 맞은 아버지와 가족들이 용인으로
피난을 가다. 이때 나이 열대여섯 살만 되면 인민군
이 군인으로 징발한다는 소문을 듣고 아버지, 어머

니, 큰형(15세), 그리고 동생(3세) 이렇게 충주 어머니 친척집으로 피난을 하고, 75세 되신 외할머니와 12세인 누나, 9세인 둘째형, 그리고 5세인 나만을 피난지 용인에 남겨 둔다. 어린아이가 있어서 빨리 걸을 수가 없었기 때문에 우선은 외할머니에게 아이들을 맡긴 것이다. 그러나 연로하신 외할머니께서 돌아가시고, 12세인 누나, 9세인 둘째형과 함께 1개월 정도 피난지를 떠돌며 생활한다. 이후 극적으로 피난지에서 부모와 가족을 만나게 된다. 이때 만나지 못했다면, 어렸던 나는 피난지에서 굶거나 병으로 죽었을 것이라는 것이 가족들의 이야기이다.

1954년 4월 서울 신당동 소재 청구국민학교에 입학하다. 피난지에서 고생을 한 후유증으로 몸이 허약하여 일곱 살에 입학을 해야 하는데, 여덟 살에 입학을 하다. 청구국민학교에는 뒷동산이 있었고, 동산에는 작은 수영장도 있었다. 학교 뒷동산에 주로 올라 다니며 놀았고, 여름 방학이 되면, 신당동 뒷산과 벌판을 지나 무수막강(오늘의 옥수동 앞강을 말함. 이곳에 옛날에 무쇠를 다루는 막이 있어서 이런 이름으로 부름)으로 동네 아이들과 미역을 감으러 가곤 하다. 또는 가까이에 있는 남산에 가서 폐허 같이 된 성에도 올라가고, 계곡에서 가재도 잡고 산열매도 따먹으며 유년 시절을 보내다.

1958년 5월 오랫동안 살던 신당동에서 동대문구 제기동으
로 이사를 하다. 따라서 청구국민학교에서 종암국
민학교로 전학을 하다. 제기동은 아버지께서 장사
를 하시던 곳이기도 하다. 그래서 이곳으로 이사를
오게 된 것이다. 새로 이사한 집은 일제 때 어느 일
본인 부자가 장원으로 쓰던 집의 뒤뜰쯤 되는 땅을
아버지께서 사서 지은 것이다. 그러나 서울인데도
불구하고, 이곳에는 전기도 또 수도도 나오지 않는
지역이었다. 집 뒤에 있는 동네 공동 우물을 길어서
살았고, 밤이면 촛불을 켜야 했다. 집 부근으로는
금붕어 양식장이 있었고, 집 옆으로는 배추밭이 있
었다. 배추밭 건너에는 피난지에서 돌아와 아직 집
을 마련하지 못한 사람들이 천막을 치고 사는 동네가
있었다. 우리는 이 동네를 '천막 동네'라고 불렀다.
가급적이면, 이 동네를 지나가지 않으려고 하였다.
그러나 그곳에서 가장 가까운 시장인 청량리시장에
가려면 그곳을 지나야만 했다. 길고 긴 여름 방학 동
안은 청량리시장에서 작은형과 함께 사서 짊어지고
온 밀가루로 밀전병도 부쳐 먹고, 간혹 오징어를 사
온 날이면 오징어를 물에 불려 튀김도 해 먹으며, 무
더위와 또 끊임없이 날아드는 파리들로 짜증이 나는
기나긴 여름을 보내야만 했다.

1959년 전기도 수도도 없고, 또 부근의 배추밭에 준 거름으
로 인하여 파리가 날리는 제기동 집을 팔고 성북구

안암동으로 이사를 하게 되다. 아버지께서 하시는 일이 날로 어려워져 집을 줄여서 방이 두 개밖에 없는 집을 구입하였다. 그때 큰형은 대학을 졸업하고 해군 장교로 입대하여 우리 집은 모두 여덟 식구였다. 여덟 식구가 방 두 개에서 생활을 해야만 했다. 집 근처에는 가까운 산이 있는데, 우리는 그 산을 '덤바위산'이라고 불렀다. 동네에서 바라보면 거대한 바위가 하나 우뚝 서서 그 산의 정상을 이루는, 참으로 볼 만한 모양의 산이었다. 훗날 알게 된 일이지만, 이 바위가 종암동의 유래가 되는 '종바위'이며 돈암동의 유래가 되는 '된바위'이다. 큰 종을 엎어 놓은 듯한 모양의 바위였기 때문에 그렇듯 불린 모양이다. 또한 전설에 의하면 청나라 사신이 미아리고개를 넘어오다가 왼쪽으로 보이는 큰 바위를 보고, 저 바위 이름이 무어냐고 물으면, 심사가 사나운 우리나라 관원이 청나라 사신을 놀리기 위해 '된놈바위'라고 거짓으로 일러준 것이 그 이름이 되어 '된바위' '덤바위'가 되었다고 한다. 그러나 지금은 채석을 하여 그 큰 바위 모양이 흔적을 찾을 수가 없게 되었다. 바위산의 왼쪽에는 용문고등학교가 있고, 오른쪽에는 성신여고와 성신여자대학이 자리하고 있다. 뒤로는 개운사라는 절이 있고, 그 절 앞으로는 고려대학교가 있다. 지금은 고려대학교 병원이 이 산 대부분을 차지하고 있다. 이 산은 나의 청소년 시절 가장 많은 시간을 보내며 혼자 돌아다니곤 하던 장소이기도 하다.

1960년 3월 종암국민학교를 졸업하고, 중학교 시험 1차에서 떨어져 대동중학교에 입학을 하다. 대동중학교는 종로구 계동에 자리하고 있다. 4월이 되자 4·19가 터지게 되고, 학교는 휴교를 한다. 시절이 불안정하게 되어 아버지 벌이는 나날이 어려워지고, 그래서 나는 안암동에서 학교가 있는 계동까지 매일 아침 걸어서 갔다가 걸어서 올 것을 마음먹고, 중학교 내내 걸어서 학교에 다녔다. 대략 왕복 두 시간 정도 걸리는 거리이다. 같은 길을 걷는 것이 지루해서 집에서 학교로 가는 여러 코스를 스스로 개발하기도 했다. 하루는 돈암동으로 해서 혜화동을 거쳐 창경궁 앞을 지나 원남동, 원서동을 지나 학교로 갔고, 다른 하루는 신설동을 지나 종로 5가를 거쳐 한일극장 옆으로, 정신여고 앞으로 들어가 꼬불꼬불 골목길을 찾아가기도 했다. 이와 같은 나의 학교 가는 코스 중에 가장 재미가 있었던 코스는 집에서 똑바로 걸어 보문사(지금은 이곳에서 창신동으로 이어지는 터널이 있음) 옆 산길을 타고 올라가 창신동과 삼선교, 성북동 경계를 이루는 산길을 따라 걷다가, 낙산駱山의 무너진 성터를 지나 긴 계단을 내려가면, 이승만 대통령이 살았다는 이

화장梨花莊 바로 옆을 지나게 된다. 이 길을 따라 오늘의 동숭동 대학로를 지나 서울대학교 병원을 뒷문으로 들어가 앞문으로 나와, 창경궁과 종묘 사이의 길을 지나 학교로 가는 길이었다. 낙산이라는 산과 서울대학교 병원에 있는 푸른 나무와 정원, 그리고 창경궁, 종묘 사이의 플라타너스 길을 걸으며 그때 나는 무슨 생각을 했는지 모른다. 어린 소년이 했을 법한 꿈을 머릿속에 그리며 걸었던 것으로 기억된다.

1961년 9월 가정 사정으로 인하여 중학교를 휴학을 하다. 휴학 기간 동안 낮에도 학교에 가지 못해 주로 집안에서 시간을 보냈다. 어쩌다 동네 사람이라도 집에 찾아오면, 낮인데도 학교에 가지 않는 것을 이상하게 생각할 것 같아 안방의 다락으로 올라가 있고는 했다. 다락에서 있을 때, 어느 때는 방문한 아주머니가 오랫동안 가지 않아, 오줌은 마렵고 하여 쩔쩔맨 기억이 여러 번 있었다. 옛말에 오줌을 오래 참으면 큰 병이 된다고 한다. 이때 여러 번 오줌을 참으며 고생을 해서 뒷날 내가 신장腎臟이 나빠진 것이 아닌가 생각하기도 했다.

1964년 3월 휴학으로 인하여 중학교를 한 학기 늦게 졸업하고 경동고등학교에 입학을 하다. 고등학교에 입학해서 문예반에 가입하고자 문예반실을 찾아가니, 상급생들이 청소를 시키려고 해서 다시 되돌아오다. 그 이후 혼자 시를 쓰기 시작하다. 가까이에 있는 덤바위산에 거의 매일 올라가서 산 능선에 앉아 있다가 내려오고는 하다. 때로는 겨울 숲을 걷기도 하고, 때로는 학생들이 모두 떠나 텅 빈 방과 후의 성신여고 교정을 내려다보기도 하며 시를 생각하곤 하다. 이렇게 1학년을 보내고, 경동고등학교에서 발간하는 교지 『학해學海』를 받아 보고는 다시 문예반에 들어갈 결심을 하다.

문예반에서 홍병철이라는 친구를 만나게 되고, 이 친구의 소개로 서울시내 고등학생 독서 서클인 〈향우向友〉에 가입하게 되다. 이곳에서 당시 양정고등학교에 다니던 조정권을 만나다. 이후 『학원』지 학생 문예에 투고를 하면서 신현정을 만나게 되다. 이렇듯 만난 우리는 서로 어울려 다니며 시에 관해서 이야기를 하며 지내게 되다. 이때 조정권이 자신의 고등학교 선배가 되는 이건청 선생이 산다는 오류동에 찾아가 만나기도 하다.

1967년 1월 경동고등학교 졸업을 앞두고, 중앙일보 신춘문예 동시 부문에 「편지」가 당선이 되다. 본래 시로 쓴 것인데, 한자로 된 시어 '지등紙燈'이라는 한 부분을 한글인 '종이등'으로 고쳐 동시 부문에 투고를 한 것이다. 당시 심사위원으로는 이원섭, 김요섭 두 분 선생님이다.

1967년 3월 경동고등학교를 졸업하고 한양대학교 국문과

에 입학을 하다. 박목월 선생님을 만나게 되다. 일
주일에 한 편씩 꼭 시를 써 오라는 엄명을 받고 일
주일이면 한 편씩 선생님께 가지고 가서 지도를 받
다. 이때 한양대학교 학생들과 어울려 '해일海溢'이
라는 문학 서클 활동을 하다. 이곳에서 젊은 나이에
죽은 김용직(『현대시학』으로 추천을 받고 활동 중
1975년 지병으로 작고를 함)을 만나다. 또 군에서
제대하고 복학한 권달웅을 만나다.
12월 한대신문사 제정 제1회 학술상 문예 부문에
시가 당선하다.
1968년 4월 19일 영장에 의하여 육군 사병으로 입대를 하
다. 논산훈련소를 마치고, 육군 첩보부대(H.I.D)에
배속되어 근무를 하다. 이때는 김신조 일당이 청와
대 근처까지 침투를 한 시기이기 때문에 군기가 엄
해졌고, 또 복무 기간도 연장이 되어 35개월 간 사
병으로 근무를 하게 되다. 특히 김신조 일당이 전방
을 통과할 때 내가 소속된 첩보부대원이라고 사칭
을 했던 관계로 군 영내 군기가 강화되기도 하다.
중학교 때부터 익혀 온 운동을 바탕으로 낮에는
태권도 조교로 장병들 훈련시켰고, 밤이면 탄약고
보초를 서며 군복 사이에 숨겨서 가지고 나온 노
트에 시를 쓰기도 하다. 그러나 군대라는 단절된
생활 속에서 고갈된 상상력은 시를 쓰는 데 어려
움을 주었고, 시쓰기에 많은 절망을 하며 보낸 시

기이기도 하다.

군에서 근무하던 1969년 한국일보 신춘문예에 시를 투고를 하여 낙선을 하다. 신정新正 특별 휴가를 맞아 서울에 와서 당시 심사위원이셨던 박남수 선생님을 뵈니, 선생님께서 임영조와 내가 최종심에 올랐는데, 서정주 선생님은 임영조 작품을 밀었고, 박남수 선생님은 내 작품을 밀며 서로 팽팽히 맞서다가 결론을 내지 못하고는 두 작품을 모두 버리고, 선에서 제외가 되었던 작품들 중에서 다시 찾아 당선작을 정했다고 하는 일화를 전해 주다. 당시로서는 참으로 안타까운 소식이기도 하다.

1971년 3월 만기 제대와 함께 한양대학교 국문과에 복학을 하다. 다시 한대신문사 주최 제4회 학술상 문예 부문을 수상하다. 이후 대학 생활은 별로 재미가 없고, 학교를 졸업하고 나면 무엇을 하며 살 것인가 하는 생각을 많이 했던 것으로 기억이 된다. 교직을 이수하고 있으니 교사를 해야 하는데, 이것 역시 쉬운 노릇도 아니고, 그래서 많은 고민을 했던 것으로 기억된다.

1973년 9월 대학 4학년 2학기를 맞아 한양공고 야간에 시간 강사로 출강을 하다. 당시 이 학교에는 이건청, 유승우 두 선배가 근무하고 있었는데, 갑자기 야간의 한 국어 교사가 그만두게 되어 임시로 4학년 학생인 나를 천거하여 학생들을 가르치게 한 것이다.

낮에는 학생, 밤에는 야간 고등학교 교사, 이렇게
나의 교직 생활은 어설프게 시작되었다.

1974년 1월 경향신문 신춘문예 시 부문에 「바다 속의 램프」
가 당선이 되다. 심사위원으로는 박목월, 김현승 두
분 선생님. 이 해부터는 사립이고 공립이고 어느 학
교에서 중고등학교 교사로 발령받기 위해서는 각
지역의 교육위원회에서 실시하는 '교사임용순위고
사'에 합격을 해야 발령을 받을 수 있는 새로운 제
도가 생겼다. 따라서 서울시 순위교사를 치르고 3
월 대학 졸업과 함께 지금까지 강의를 하던 한양공
업고등학교 야간 국어과 교사로 발령을 받아 근무
를 시작하다.

9월 한양대학교 대학원 국문과에 입학을 하다.

1975년 민족문화추진위원회에서 주관하는 '국역연수원'에
입학을 하여 「대학」 「논어」 「맹자」 「중용」 「시경」 등
을 공부하며 2년여 동안 한문을 익히게 되다. 이 공
부는 내가 현대문학에서 고전문학으로 그 전공을
바꾸게 한 계기가 되기도 한다.

10월 조정권, 김용범과 함께 3인 시집 『분리된 의
자』를 조광출판사에서 펴내다.

1976년 3월 중동중·고등학교로 교편을 옮기다. 한문 공부
를 하던 '국역연수원'이 주간에 공부를 하다가, 이
해부터 야간으로 그 시간을 바꾸게 되었다. 그래서
한양공고 야간 고등학교 근무를 할 수가 없어 부득

이 한양공고 야간을 사직하고, 중동중학교로 옮겨
가게 된 것이다. 이후 1980년 퇴직할 때까지 중동
중고등학교에 근무를 하다. 권달웅, 조우성, 조정
권, 김용범, 이준관, 권택명, 한기팔, 김성춘, 서종
택 등과 동인지 『신감각』에 참가를 하다.
1978년 2월 25일 남원 양현순과 천도교 대교당에서 결혼을
하다. 한양대학교에서 시간 강사를 시작하다. 결혼
과 함께 집안에서 3대를 믿어 온 천도교에 부부가
입교를 하여 천도교인이 되다. 할아버지, 외할아버
지 모두 천도교인이었던 집안에 태어나 천도교의
문전에도 가 보지 않던 내가 아버지의 권유로 천도
교에 입교를 하게 된 것이다.
1979년 2월 27일 아들 '여민' 출생하다. 11월에 첫 시집
『바다 속의 램프』를 고려원에서 펴내다.
1980년 한양대학교 대학원 박사 과정에 진학하게 되고, 그
간 근무를 하던 중동고등학교에 사표를 내고 나오
다. 이후 대학 시간 강사만을 하며 1년 동안 생활을
하게 되다. 그러나 1980년 사태로 대학이 문을 닫
게 되자, 강의도 하지 않으면서 강사료만 꼬박꼬박
받으며 나날을 보내다. 결혼도 하고 아들도 태어났
고, 그래서 시간 강사만으로는 살기가 어렵다고 생
각이 되어, 공무원 시험을 준비하는 학원에 나가 가
르치기도 하다.
1981년 3월 한양대학교 문과대 국문과 전임강사로 발령을

받다.

1982년 한양대학교 한대신문 주간 교수로 보임을 받고, 일
주일에 한 번씩 학보사 학생 기자들과 전쟁 아닌 전
쟁을 하며 보내게 되다. 이후 5년간 주간 교수 일을
보다.

1983년 7월 『박인환 평전』을 영학출판사에서 펴내다. 10월
시 산문집 『고전적 상상력』을 민족문화사에서 펴내
다.

1984년 이 시기부터 『삼국사기』에 나오는 「온달」을 시적
제재로 삼아 「온달전」 연작을 쓰기 시작하다. 온달
이라는 인물과 온달의 어머니, 평강공주, 평강왕 등
의 인물뿐만 아니라, 온달의 가난하고 정직한 삶이
나, 온달이 벼슬에 나간 이후의 삶 등을 제재로 삼
아 연작시를 쓰다.

1986년 10월 1일 딸 '여림' 출생하다. 두 번째 시집 『온달
의 꿈』을 정음사에서 펴내다. 한양대학교 박사 과
정을 마치고, 동학의 경전이며 가사 작품인 「용담
유사龍潭遺詞」를 주제로 삼아 박사학위 논문을 쓰다.

1987년 2월 한양대학교 대학원에서 박사학위를 받다. 이후
박사학위를 근간으로 하여 『용담유사 연구』를 민족
문화사에서 펴내다. 이때부터 『삼국유사』에 실린
향가의 인물들인 '처용'과 '서동'을 중심으로 연작
시를 써 발표를 하다.

1991년 11월 동학의 초기 역사서인 『도원기서道源記書』를 번

역하여 문덕사에서 펴내다. 또한 그간 써서 발표했던 「처용가」 연작과 「서동요」 연작을 묶어 세 번째 시집 『처용의 노래』를 문학아카데미에서 펴내다. 12월에는 객원 교수로 미국 남가주대학(USC) 동아시아연구소에 가다. 이후 1년간 미국에 체류를 하며 LA에 있는 교포 문인들과 교분을 쌓다.

1996년 3월 한국시인협회 사무국장으로 지목이 되어 2년간 회장 성찬경 선생님을 도와 협회의 일을 보다. 7월 한양대학교 안산캠퍼스 도서관장으로 보임을 받아 일을 하게 되다. 도서관장으로 있으면서 도서관 특성화를 하기 위하여 '시 전문 도서실'을 기획하여 만들다. 시집만 모아 도서관 내에 시 도서관을 만들고, 안산의 문학 인구들이 공부를 할 수 있는 방을 마련하여 지역 사회와 학교가 연계될 수 있는 길을 모색하기도 하다.

10월 동학 교조인 수운 최제우 선생의 일대기인 『후천後天을 열다』를 펴내고, 또 동학의 경전인 『동경대전東經大全』을 주해해서 동학사에서 간행을 하다. 이후 나의 관심사는 문학보다는 동학에 더욱 가까이 가게 되고, 그래서 연구 논문도 문학 논문이 아닌 동학에 관한 논문을 주로 쓰게 되다.

1997년 11월 수운 최제우 선생의 일대기를 쓴 시집 『용담龍潭 가는 길』을 동학사에서 펴내다. 한 인물의 생애를 쓰는 시는 대체적으로 서사시의 형태를 띠는 것이

일반적인 모습인데, 이러함이 싫어서 한 편, 한 편
독립된 서정시를 쓰고 이 한 편, 한 편이 결국 연계
되는 모습을 지니도록 하였다.

1998년 성신여대 이현희 교수, 경기대 노태구 교수, 국방대
김한식 교수 등 동학 연구자들과 함께 '동학학회'
를 결성하다.

1999년 1월 동학의 발생지인 용담에서부터 동학의 정신이
남아 있는 지역 열여덟 곳을 답사하여, 동학의 정신
이 어떻게 고부에서 동학혁명으로 발발하게 되었는
가를 찾아가는 '동학 기행'인 『용담龍潭에서 고부古阜
까지』를 신서원에서 펴내다. 또 5월 조선조 송세림
이라는 학자가 쓴 고전 소화집笑話集 『어면순禦眠楯』을
번역하여 문학세계사에서 펴내다. 6월에는 가사 작
품이며 동학의 경전인 『용담유사』를 주해하여 동학
사에서 펴내다. 안식년을 이용하여 7월 하와이 주
립대학교(UH) 한국학 연구소 방문교수로 6개월 가
서 머물다. 하와이 주립대학에 있으면서 정리한
『동학사상과 한국문학』을 10월에 한양대학교 출판
원에서 펴내다. 하와이에 머물면서 하와이 교민들
중심으로 문학회를 결성시키는 데 일조를 하다.

2000년 하와이 주립대학에서 돌아온 직후 건강이 악화되
어 한양대학교 신장내과에 입원을 하다. 이후 투석
을 하며 투병을 하다.

2001년 투병 중 시와시학사에서 다섯 번째 시집 『적·寂』

을 출간하다. 이 시집으로 12월 문학과창작사에서
　　주관하는 한국시문학상 1회 수상자로 선정되어 수
　　상을 하다. 이후 투석 1년 8개월 만에 신장 이식 수
　　술을 하고 건강을 다시 찾다.

2002년 천도교 중앙총부의 제의를 받고 『한국에서 발생한
　　우주적 종교, 천도교』를 집필, 천도교에서 간행하
　　다. 8월, 한양대학교 국제문화대 학장을 보임받다.

2003년 20년 전에 출간했던 『박인환 평전』을 다시 수정해
　　서 도서출판 모시는 사람들에서 간행하다.

2004년 일본 도쿄에서 열리는 '세계 종교학 학술 대회'에
　　참가하여 「한국의 종교 천도교」라는 논문을 발표
　　하다. 9월, 시선사에서 시선집 『견딤에 대하여』를
　　출간하다. 10월, 『동학 교조 수운 최제우』를 도시
　　출판 모시는 사람들에서 출간하다.
　　천도교 교서편찬위원장 일을 맡다. 이어서 천도교
　　서울교구장에 피선되다.

2007년 안식년을 이용하여 버클리대학(U.C Berkeley) 한
　　국학연구소에서 방문 학자로 6개월간 머물다. 12
　　월, 미국 로드아일랜드대학 철학과 김용준 교수와
　　6년여 동안 번역작업을 한 『영역본 동경대전』을 공
　　동번역으로 미국 University Press of America에
　　서 출간을 하다.

2008년 2월 오문환, 김용휘, 김정인, 고건호, 이동초, 성주
　　현 등 동학을 연구하는 학자들과 함께 공저 『의암

손병희와 3·1운동 : 통섭의 철학과 운동』을 도서
출판 모시는 사람들에서 출간하다.
2008년 11월 황금알에서 여섯 번째 시집 『밥 나이, 잠 나
이』를 출간하다.